季語情況論

久保純夫第十五句集

春

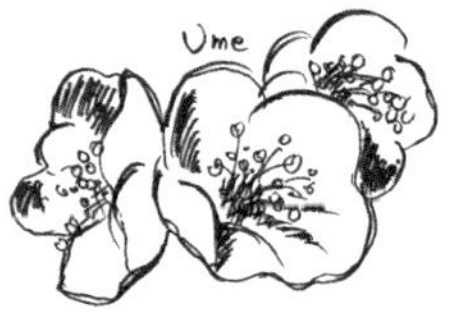

逃水の先ざきにいる編上靴

朧夜の山川草木血を流し

霾の帝國となるユーラシア

霾ぐもり粗大ごみとは言うな

天皇をいずこに置きし赤子かな

性別を決めかねているかいやぐら

白地図をいずこにひろげ蜃気楼

料峭や父の遺せしメモ二冊

寒明のおきなが唸る猫吼える

雪解川時を隔てて来ておりぬ

自ずから宙で交わる牡丹雪

如月の青き血が空覆いゆく

人の目をする軍鶏の列冴返る

陽炎の視える齢となりにけり

啓蟄の裏聲でくるKポップ

臍の緒を探していたり春夕べ

彼岸過ぎ揺り椅子に水残りたる

花冷の焼肉丼に決めている

早寝する八十八夜の喃語かな

穀雨とて無用之介と呼ばれけり

海からの道は丁字路涅槃西風

豆本を開いていたる遅日かな
目玉おやじが呼び戻されし目借時
花眼にはあらず脳の朧かな
菜種梅雨あなたはホットレモンティー
自転車の鈴木六林男の涅槃かな
佐保姫に戀しておりぬラタトゥイユ
千年のひめみこが立つ薄氷

頭から乾きだしたる大干潟
水温む荒砥がひとつ見あたらぬ
春夕焼吉備真備の居るところ
行く春の鼬の筆を舐めており
飛島の塩辛齋藤愼爾かな
石垣島の短冊黒田杏子居る

青き踏むひとつは白き咫の骨

自祝とは茶碗で済ます菜飯かな

嗅いでからつまみ食いする木の芽和え

天降りたるひとひらであり櫻漬

海苔を掻く背中はいつもおんぶ紐

惣領は機械仕掛の代田掻き

一夜だけ湯槽に浸かる種選

種を蒔く緑内障の懸念かな

野遊びに紛れていたる尾人かな

まれびとの水よりほかは現れず

えびかにも小さく混じるしらすかな

六道のひとつに分かれゆく田螺

目の隈の有無を問われし目刺かな

青饅を確かめてから別れけり

花種を入れ戀文となりにけり

満身の膨張である鶏合

赤ちゃんと神なるあいだ椿餅

湯上がりのように試され櫻餅

つんつんは蕨餅まで及びけり

そこだけは永久保存蓬餅

蓬麩のふよふよほよと始めけり

蜆汁尽くす加減を忘れけり

蜆掘る赤子は畚で笑いだす

蛇穴を出でし暗國美少年

黒牛にとり憑く気色御田かな

もろともに錆鎮めけり針供養

ふたりして変性男子雛あられ

人形の扱いをされ雛の夜

なりふりを構わぬチーズ擬きかな

ファスナーと違うジッパー噛み合わず

クレーンのゆるゆる勃起しておりぬ

聲を出すこともしてみる寝釈迦かな

負鶏にメンソレータム塗る男

生きものの互い違いの朝寝かな

戰前の頭巾が赤く落ちている

喪失の黒から白へ胡麻豆腐

亀鳴くと山動き出す秋津洲

戰神蝶ことごとく眠りけり

落し角尖りしゆえに匿われ

夕蛙有縁の聲となりにけり

蛤のかたわれなんぞググるなよ

鶯を疑うている父の戀

鶺鴒の対のかたちを統べており

恐悦の右を選びぬつばくらめ

全方位からの出し入れ鳥の戀

錦木を戸口に置きて鳥帰る

蝶ふたつ金茶の闇を抜け出せり

蜆蝶女と見られいたるらし

恥じらわず神と交わる櫻鯛

ときどきは鶏を加えし浅蜊鍋

天穹の砂こぼれつぐ寄居蟲かな

大綿の身のうちそとを漂えり

識閾の雪蟲という標かな

むらさきは透明である子宮かな

天空に水の音する海雲かな

公魚のゆがみたちまちよじれけり

裏側は黄泉を見ている干鰈

生と死の磯巾着というあわい

丸呑みにされ飯蛸の驚きぬ

戀猫のように匍匐をしておりぬ

持ち帰り叱られしこと烏貝

俳人のほかは知らない蜷の道

竹籠に売られていたり藻屑蟹

きりきりとテグスを巻きぬぎんぽかな

榮螺の糞のみを食せし女かな

夜歩きの鮑となりて遊びけり

逆夢と通じていたる海星かな

かんてきにさまざまな箸初諸子

かんてき…七輪の泉州弁。珠洲の特産

虚空からぞろぞろ伸びる蝌蚪の紐

戦闘の棘あまたなるあめふらし

白梅のたどり着きたる火縄かな

日にち薬よ寺井谷子の紅梅よ

蠟梅のかたちで抜けてゆく嫗

竹の秋有象無象を窘めず

妖幼のいずれを選ぶ桃の花

木蓮の天変地異を露わにす

心友は異性となりぬ紫木蓮

男根のように虎杖折られけり

緩やかに極まってゆく猫柳

鼓草休耕田を護りけり

苜蓿を褥としたる歩兵たち

ゆうるりと捏ねはじめたる沈丁花

言の葉にほぐれてゆきぬ蕗の薹

諸葛菜五十年後の懸想文

臨界に触れはじめたる葱坊主

土筆また袴を脱いでいたるかな

充分に分葱となりし女かな

悋気から溢れてきたる石蓴汁

吊るされて乾き始める若布村

小松菜を抜群という鰥夫かな

極上の揚げをからめて鹿尾菜炊く

筋を取る前に切られしセロリかな

ぎしぎしを揉めばきしきし喘ぎけり

ライラックを抱え久保彩が来たよ

円心の縁の薺を愛しけり

種芋の触れ合うている微熱かな

蘆の角出し忘れたる手紙など

薇のあそび終えたる呆けかな

馬酔木なる光をこぼす美僧かな

花辛夷柱状節理見ておりぬ

右よりも左が好きな豆の花

藪椿今日はこちらで泊まりまひょ

居留守とは橙ポン酢作りかな

野良猫を弄っていたり花杏

松の芯心ゆくまで放ちけり

松の花あなたはひどいアレルゲン

韮を切る粘着質の男かな

大蒜を五徳に載せて焼いており

こぶくろに雀隠れを敷き詰める

吾妹また勿忘草を英訳す

結界の震央をゆく黄水仙

緩慢に殺されているミモザかな

現世に戻ってきたり石蕗の花

青葱の痛点にいるふたりかな

匕首対となるべくありぬ櫻狩

順番に櫻を黒くめくりゆく

蠟涙を抓んでいたり朝櫻

それぞれに閾を超えゆく山櫻

愉快なる溲瓶の音よ花明り

右の目がしきりに騒ぐ夕櫻

花筏水漬く軀を覆いけり

極道の絵を見て帰る花の雨

題門に櫻蘂降る國家かな

シュプレヒコール三回目から花疲れ

夏

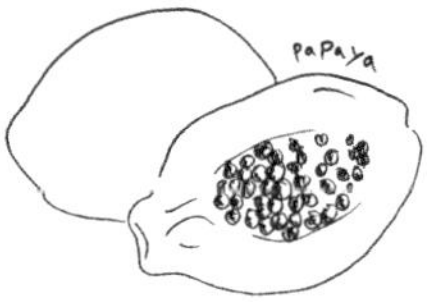

鰐梨を糠漬にする勅語かな

青黴女黒黴男喰らいけり

大日本帝國が見ゆ青簾

陶枕のひとのかたちで戻りけり

金魚売あの世の聲を真似ており

昼寝覚藻塩が匂う軀かな

あやかしになりゆく途中日向水

三段跳びの三で飛び出る水子かな

捕蟲網苧麻をまといし少女たち

不穏なる均衡とあり籐寝椅子

触れてから撫でられている籠枕

遺品あり大人用なる天瓜粉

和田悟朗花瓶に活けし奈良団扇

梅干のかえすがえすの無礼なり

真っ青な透明になる花氷

柏餅さるとりいばらの葉で包み

蟲干の静かに時が剝がれゆく

削氷の大谷翔平三三振

戰争をひり出している心太

水飯の何もて掬うみたまかな

婚ぎゆく黒豆ご飯なればなり

水の粉に匙のかたちを加えけり
流木を磨いておりぬ健次の忌
向こうから自分が覗く箱眼鏡
ひとつだけたましいを容れ釣葱
父の父そのまた父の白絣
噴水の猥雑になるところかな
藍浴衣健気な妻がふたりいて

草笛のつもりなきもの呼び込めり
打水のかたちが残るこの世かな
風鈴の人を使いて伝えけり
弟の置場に迷うサングラス
試みて大人が落ちるハンモック
標的に水鉄砲を装着す
箱庭に余計な人を加えけり

常世まで樟脳舟に乗りにけり

尾の有無を確かめている昼寝覚

その前の石を引きずる田掻馬

◎

定刻の頭頂をゆく揚羽蝶

風葬のかたちを覚え黒揚羽

地鳴りする裏山青条揚羽かな

今生は大水青で待っている

結界を自在にしたる蚊喰鳥

青鷺の正眼として交われり

牛蛙腿のふたつを食べ比べ

時おりは焦螟を喰う守宮かな

ひとりいるときの水母と睦みけり

真上から蛇が落ちくる御恩かな

別れるや縞蛇は気が強かりき

蠢くは袋の中の蝮の子

青葉木菟兵隊さんがやって来る

顱頂から蘭鋳が出る昼餉かな

刹那とは蟬の羽化する時空かな

妻大事アクアパッツァ金目鯛

青遍羅を外道というて捨てにけり

その昔母を泣かせし虎魚かな

和泉蛸なればやさしく絡みけり

だれよりも妙齢好きのちんあなご

中年の鯰のひげをもてあそび

トロ箱でいそいそ蝦蛄を買いにゆく

舟蟲を餌にするべく摑みけり

念力は房事に残し兜蟲

髑髏の歯を矯めつ眇めつ戀女房

蟻地獄すぐ入れ替わる女かな

先着の大かまきりに喰われけり

眠りたる耳噛みにくる蝸牛

綵とんぼけむりのように襲いけり

百年のかたちを番う赤蜻蛉

玉蟲の翅は供物となりにけり

袋蜘蛛ジェンダーフリーなればなり

道おしえ阿部青鞋という円筒

穀象を水に浮かべし次男坊

空蟬の核廃棄物処分場

ががんぼは三國一の婿にしよ

高屋窓秋蛾の目はいつも赤く澄む

淋しさに裏返りたる金亀子

入口の優曇華いつも揺れており

披露する処女のやたけた御器齧

木には木の人には人の毛蟲かな

新井くんの京に太き赤蜈蚣

戀文は紙魚の挟まるところから

孑孑の跳ねたるあとの水の中

正式な籍に入れず水蜥蜴

名残とはからだの隅のなめくじら

エンゲージリングといえばひきがえる

シーボルト蚯蚓のように慈しみ

立つ坐る倒れる断層の半裂

転生の選び違わぬなまけもの

◎

麦秋を追いかけてゆく麒麟かな

性愛に素性を問いし國家かな

短夜の沈香として残りたる

黒龍は母のクリーム芒種かな

ふくらはぎひかがみまでの白夜かな

荒梼の軀の中の緑雨かな

水族の奔り抜けたり青嵐

先ず食べる魚の目玉昭和の日

空瓶にジャムの充填夏旺ん

黒南風や一枚岩の橋渡る

七夕の光を呑みし赤ん坊

裏側は鯤の混みあう雲の峰

旱星外寝の犬と別れけり

庖丁を研ぐは一分青葉潮

爽やかやいつもべったのエイミー・コガ

全身でガムランを聴く夏夕べ

喜雨のなか天地返しを見ておりぬ

日雷白兵戰となりにけり

異國語の錦市場の溽暑かな

裏聲の覆う日本虎が雨

薬降る薬が効かぬ軀にも

ことぶれとなりたるあとの驟雨かな

瀧壺に一夜を過ごし出てゆきぬ

母の日のピンクパンクのユニフォーム

抜けてみな鬘になりぬ茅の輪かな

目のなかの炎のかたち沖縄忌

青みどろ火宅出てゆく背中かな

◇

フレディと名付けしナイフ青葉闇

やつふさと添寝している木下闇

青梅のここは線状降水帯

青栗をつついて遊ぶ双児かな

紫陽花の濡れて定まる擬態かな

天上も血を流しおり青薄

おもむろに竹皮を脱ぐ眩暈かな

新緑や戀文のある下足箱

弥勒なるかたち透けゆく青楓

ふうわりと神坐りたる山法師

帚木の五百由旬を極めけり

勤行に入ってきたる夏蜜柑

うつしみをとわにくるみし合歓の花

ジャスミンに耐えているなり姉弟

歔欷というかたちに見ゆ桐の花

石花菜を売る少年の昭和かな

もののけはあおうめあなたあかんぼう

さくらんぼまだらまんだらまんどりる

青葡萄ふたりのためにひとり剝く

ガーベラの脳の重きを耐えており

健気なる月桃とあり久保流美子

味寝なす軀を這いし滑莧

光琳抱一其一六林男の燕子花

人間を上り詰めたる螺旋かな

落ちてから無限となりぬ沙羅の花

夕餉なるメロンの果肉余しけり

奸計のパパイヤにいる黒き種

近ごろはあなたに尽くす茄子の花

指先の染まるしあわせ水茄子

古漬と小海老を煮たる夕餉かな

玉葱を括る手際や北野真暉

藻の花をまといて君はやって来る

睡蓮を渉ってきたる蹄かな

誘われ蕁まみれの女たち

蓮の花水の傾く音のして

木耳に軟骨のある不思議かな

半円を見つめておりぬ甜瓜

静謐は淫らに親し罌粟坊主

愛さずにいられないこのランブータン

背徳に縛られているマンゴスチン

菱の実の武器とは知らず喰らいけり

蕺草の屹立という矜持かな

匿名の手紙が来たり花水木

秋

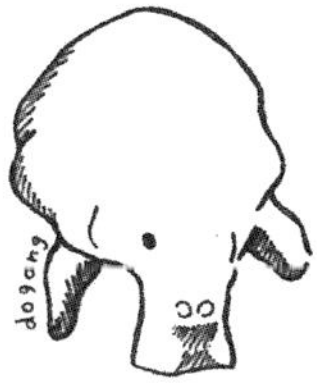

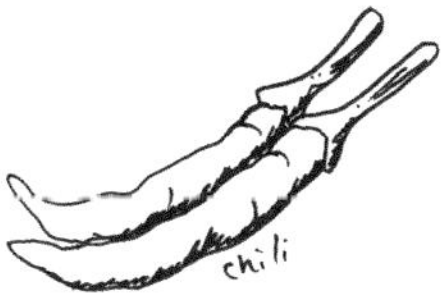

透明な火の雨が降る八月

秋天であれば黒旗を掲げたり

玉条は二百十日の地にまみれ

白秋や壕《ガマ》にあまたの貝の殻

十月の物干竿が高くなる

虫と遊ぶ猫を見ている白露かな

緋縅の漂うている白雨かな

二日月歩きスマホをしておりぬ

満月のうなさかをゆく騙し舟

十五夜の行きどころなき禿筆

神島に熊楠がいる無月かな

十六夜の軀に残るオーガズム

居待月螺子をゆるめて弄び

右の手を遊ばせている寝待月

頭頂に分け入るおゆび後の月

月明の指揮棒ひとつ置かれけり

水族の仕種で宵闇の浮遊

寝てあれば起き上がりくるカトラリー

手のひらの窪みに露を集めけり

順番の体位がありぬ龍田姫

邪な匂いのなかの稲光

永遠に続きし読経天の川

秋霖の新興俳句発祥地

逆剝けの指愛おしむ暮の秋

流れ星美味しいという子の瞳

颱風や玉葱小屋をなぎ倒し

稲妻の性を合わせしかたちかな

くろぐろと軀に宿る露の玉

微熱から始まる花野ワルキューレ

頃合いは十三七つ落し水

◇

黒穂から近づいてくる軍手かな

神饌となりしなんばんぎせるかな

上下で向きを違えて桃吹きぬ

竹伐るに有象無象が寄ってくる

黒猫が咥えてきたる夕紅葉

土蜘蛛の出口入口爐紅葉

家賊てふ師の言葉あり葉鶏頭

幾とせのまだらを残し柿紅葉

戰争が疲れていたり蔦紅葉

くるおしく銀杏黄葉にもどりけり

棉の木の土井英一が立っている

木犀に天地あやうくなりにけり

性欲に抗うている虚栗

ちちふさは不思議のかたち七竈

白桃を使いすぎたる不覚かな

種瓢いつかの手足出てきたる

洋梨の小さき臀を愛しけり

転寝に林檎の匂う軀かな

無花果にふやけてきたる愛のこと
不審者と入れ替わりゆく烏瓜
旧姓は捨てることなく木守柿
名ばかりの干柿になる女たち
舞茸を好む男を愛しけり
広島はいずこにおりぬ黒葡萄
石榴から漏れんとしたる呪禁かな

酸橘とは非時香菓か
子とあれば至高となりぬ柚子の玉
持ち歩く腰の搗栗父のこと
真に受けて宙飛んでくる鷹の爪
白木槿あなたのためにいきているのよ
見も知らぬ通草となりぬ少女たち
笛のため油を抜きし椿の実

常世まで軀を運ぶ酔芙蓉

根の國の髪をほどけば芒原

それぞれに深き音なす吾亦紅

鶏頭の種を詳しく解しけり

瓢箪の聊斎志異を読んでおり

露草の水の抜けゆく青さかな

芋の葉に乗り遅れたる言葉かな

自然薯を皮ごと卸す媚薬かな

しあわせの指黒くして芋茎剝く

どこまでを咫となしたり山の芋

あめつちの逆さになりぬ曼珠沙華

隠國の数珠玉しろくひしめきぬ

羊水に酸漿浮かぶ快楽かな

永遠を孕んでいたり種茄子

内側にざわざわがある南瓜かな

憂國の冬瓜として坐りけり

直近の人を刺したるオクラかな

瓢まで歩いてゆきしおゆびたち

食べられて糸瓜となりし愛人よ

いつからの木賊湧き出る母家かな

猫連れの短い散歩赤のまま

うつうつとしろく過ぎ行く稲の花

右手から左手を抜く女郎花

穂芒を掲げて終わる祝詞かな

國葬というにあたりの草虱

桐一葉百悪として地を穢し

AとIUが産む月夜茸

横柄な臀でありぬラ・フランス

別れぎわ犬のうんこが立っている

男から末枯れてゆく厨かな

一瞬で見極め走りだすジンジャー

尻尾から狗尾草に移りけり

天才を敷き詰めている似非黄葉

闘争を鎮めておりぬ草紅葉

団栗と比べていたる賄賂かな

無邪気なる手を拒みけり富有柿

サフランを中有に置きて戻りけり

現世の熟柿で遊ぶ翁かな

突然に差し出されたる真葛原

石臼を噛み合わせある野面積

◇

新走り幼児返りの聲を出し

梶の葉にしばらく浮かぶ梵語かな

凶作のドローンでゆくウクライナ

甚 六 の 鬣 靡 く 稲 刈 機

運針を赤米に説く宇多喜代子

えぷろんを選んでいたる穀潰し

穭田や軍人たちのマスゲーム

化粧して夜を練り歩く案山子たち

ふたりにはいかなる合図鳥威し

その度の闇美しき添水かな

角切りの目ん玉恐悦至極なり

水中りうすくなりゆく軀かな

偶偶は永遠である栗おこわ

茸飯鄙にはいつもイ・ジウン

ささやかに年功序列濁り酒

陰膳のひとつに加え零余子飯

軀から抜け出してゆく薯蕷汁

蟲喰いの枝豆もあり茹であがる

たちまちにひょうげてきたり衣被

松手入脚立をふたつ組み合わせ

空閨を大切にする瓜の牛

門門は無音の匂い魂迎

提燈に名を残したり地蔵盆

重陽に婚ぎて水を煮ておりぬ

恩寵の妻の味噌汁具だくさん

秋祭端《はな》ぶつけ合う山車《やぐら》かな

縁側の老若男女液状化

日に一度母が揉みたる吊し柿

茸狩夜か昼かと尋ねられ

枝ごとを受け取る大事干葡萄

◇

猪の皮ガードレールに干してあり

かんてきを出して鰯を焼きにけり

太刀魚のたてがみ群れる昼の闇

われからのいつより我に棲みつけり

夕蜩閨から閨へ移りけり

悲しみの亜空間から草雲雀

蜉蝣の不在通知を受け取れり

鬼蜻蜓ゆうべの肉を余しけり

とうすみを次つぎに吐く佛かな

どこまでも暗き白昼蜻蛉釣り

蟲の闇はらわた震え始めたり

楕円なるふたつのこころ蟲時雨

孤高から幾らか離れ放屁蟲

芋蟲の感じる方へ動きけり

蚯蚓鳴くことには触れず昼の酒

愉と悦を極めていたり法師蟬

邯鄲の不得意はただ愛すべし

鬼太郎が呼ばれてきたる竈馬

蟲籠に入りきれない夜伽かな

取り敢えずこの世が終わる鹿の聲

磔刑のかたちでありぬ鵙の贄

数式が紛れておりぬ鉦叩

鮮やかに乾く椿象書棚かな

白髪で精霊蜻蛉結びけり

ゆっくりと記号になりぬ日本人

沈魚戰のあとを覆いけり

冬

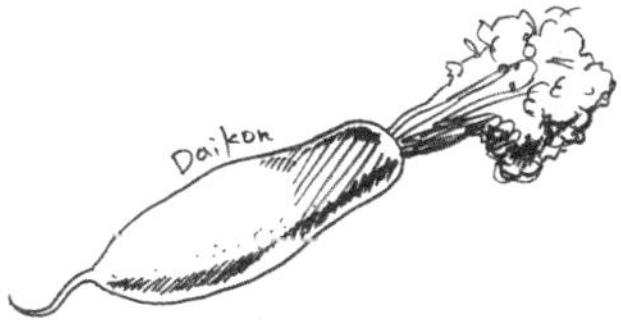

投薬とは無礼千万六林男の忌

切干のすこしひ辛くおさまりぬ

大根干す正しき紐の結わえ方

籾殻に埋もれし愛寒卵

色足袋の少し泣きたるかたちかな

禿頭の祖父の永遠股火鉢

雪達磨頭を撫でるなよお前

雑炊に醤油は要らんて言うたのに

湯豆腐と残り時間を過ごしけり

牡丹鍋程よく降りる自在鉤

薬喰和生喜代子のひとりごと

煮凝の舌に溶けゆく神のこと

凍豆腐ゆっくり戻る笑窪かな

剣呑なオムレツが居る三界よ

綾取のひとりは外す梯子かな

焼芋に黄泉の匂いがしているよ

蕪鮓和泉の國に届きけり

餅搗のかいどりにまた妣が来る
かいどり…合いの手の泉州弁

石臼は祖父の手作り餅を搗く

放蕩のカピバラがいる柚子湯かな

小刀で猪獲る話榾明り

亡き犬の白息混じる散歩かな

凄艶な眼差にある雪女

湯婆や愛しくなりて脚で抱く

水餅の令和に続く闇がある

青洟のホモサピエンス消えゆけり

憂國の酢蛸となりぬ人たらし

学問の肘擦り切れるカーディガン

おしくらのおきなおうなの揉み合えり

寒いからママのお腹に戻りたい

柊の挿す穴探す古女房

骨茶など言いおきてただ逝きにけり

羊水のなかのいちにち毛糸編む

外套の戀しき皺を残しけり

干布団しずかに抜けてゆく昔

するするといずこに落ちる掛布団

永遠や衣桁に残るちゃんちゃんこ

寒紅で見分けられたるじじとばば

中有まで転がってゆく毛糸玉

霜焼になるは一瞬福耳よ

ちちははの籠っておりぬ炭俵

立てかけて乗り手失う竹馬よ

空咳も手管のひとつ寝に戻る

電柱も分け隔てなく木の根開く

白墨で丸く囲みぬ犬の糞

日向ぼこ元素記号が抜けてゆく

神農の虎へこへこしへこへこす

戸袋にいつも残りし年の豆

松の内噛みつき防止キャップ犬

御降を静かに受ける顱頂かな

双六の稚児を選びし途中かな

鳥総松うつろ舟なる舳先にも

若水に先ずかんばせが映りけり

紐を張る樹と木のあいだ淑気かな

注連縄の薄きみどりを尽くしけり

鏡餅始めの臼と決めており

あつあつはどこに落ち着く雑煮かな

中らいの七種粥を守りけり

かにかくに赤を選びぬ草石蚕かな

破魔弓の的となりゆくわたしかな

湯のなかで結び昆布をほどきけり

初詣道なりにある能舞台

稲積むにスマホ離さぬ次男坊

懇ろに繭玉となるふたりかな

愛人が送ってきたる大福茶

厨からごはんですよの初電話

麝香なるかたちを残し獏枕

逆手から順手に移る姫始

供出の鐘鳴っている大晦日

長針と短針出逢う大旦

新春の白き便器の耀えり

松過ぎの野面積なるかたちかな

ふくらみのふたつを愛すぽっぺん

五つ爪に包まれ眠る龍の玉

楪のここに始まる個人主義

再びを見えるための根白草

探梅の寶という字を取り出せり

◈

安寝なす十一月の金平糖

鶏が産む卵見ており神無月

鼾かく犬に寄り添う霜の夜

モノクロに六林男の視線十二月

一月は大人用なるカトラリー

穏やかにあふれるカノン寒昴

最愛の妹がいる霰かな

ことごとく霙れておりし棄民たち

氷柱から崩れ始めし宮居かな

寒晴の固有名詞を喪えり

風花やふうかと呼べば猫が来て

大寒の点対称を探しけり

朽野に恐龍の爪掘り出しぬ

木枯のゆきどころなき床柱

底冷や左で右の足温め

祖父いつも蹌踉彷徨虎落笛

極寒の朧盆に視る乳房かな

雪催脳の中のやじろべえ

為残しの箒と杷小六月

照星や砂漠に井戸を掘る男

寒月光鱇を呼び出す女かな

もてなしは粗挽き珈琲だけになり

いつよりか木になる人に寄り添えり

酷寒の被災者が言うトリアージ

◆

男根を振ればひよひよ泣きにけり

股間から戻ってこない赤蕪

白蕪の極まってゆく糠の中

白菜の黄芯触れ合うみそかごと

國会へ殺到したり九条葱

移植する精神黒き葱の先

深淵をゆくに根深と見えけり

葉牡丹の眩暈始まる気配かな

社家に沿う疎水を渡り酸茎買う

山降りる松落葉《すくど》を詰めし炭俵

そこここに謐がある枯蓮

ひと巡りして陰にあり草珊瑚

千両はベティのような人たらし

愛と戀いずれに縋る枯木立

閨として覆われ銀杏落葉かな

次の世に色移りゆく柿落葉

心臓に置き忘れたる寒牡丹
寝床からポインセチアを拒みけり
山科に愛人がいる藪柑子
萬両やこれはいつかの妻の形
ひとるたま椪柑桶柑三宝柑
お手玉の片手で遊ぶ蜜柑かな
文旦に籠絡されているところ

枯蘆の丈は揃わず束ねられ
水中にありし抜け道寒椿
水仙の騒がしくなるマイヨール

◈

兕眼や銀狼のいる大八洲
梟の使わしめなる右眼かな
遺言の真中を過る寒鴉

因縁のふくら雀が満ちており

牡蠣殻は砕いて軍鶏の餌に混ぜ

鴛鴦の互い違いに流れけり

凍鶴の眦うすき怒りかな

白鳥のおすべらかしというかたち

百合鷗宝ヶ池で待ち合わせ

切なくて幾たび鳰を呼び出せり

お得意の韓國鍋に金絲魚

鮟鱇のぷにぽにょという白き音

戀愛の特化している酢牡蠣かな

魴鮄の頬ずり吠え面をかくな

碩学の枝折でありぬ寒苦鳥

絶頂は左回りの赤海鼠

方舟に乗り損ねたる黒海鼠

寒鯉のひげ揺れ止まぬ半旗かな

岩牡蠣と交わっている聖少年

眼から戻りはじめる竈猫

直系と称していたり嫁が君

際物を見て来たようなかいつぶり

凍蝶の木霊となりて滅びけり

綿蟲の漂うている濁世かな

寒鮒の震えとどめし眼かな

聲かけて枯蟷螂を起こしけり

轢死する狸を狙う鴉たち

限りなく愛しき骨のかたちかな

あおあおと海溝をゆく精蟲よ

深海に坐っておりぬ哺乳瓶

すめらぎの水洟を識る昭和かな

あとがき

『季語情況論』という句集名は、師・鈴木六林男の言葉を借用した。『定住游学』に所収されている「壁の耳―小説・季語情況論―」にはこう書かれている。

> 僕にとって季語とは、環境であり、状況であり、さらにこれらよりも情況的である。言い方を換えれば、僕にとって季語とは、見える自然としての環境（状況）や見えない自然としての情況のなかから、わが季語情況論へ転移していく質のものである。

これを久保純夫流に解釈すると、季語は約束事もしくは虚構である、と。季語という語彙の中には状況と情況が同時に存在する。つまりは過去・現在そして未来までものあらゆる事象が、その語に内包されている。そう考えてみると有季は例外なく無季であるという考えが

成立する。

この句集はもともと『久保純夫風土記』を作るのを目標として始めた。題名を思案するうちに思いついたのが、この名であった。集中には所謂、無季の俳句も混じっているが、殊さら意識して挿入したわけではない。有季作品とは同列なのだ。換言すると、この句集は無季俳句作品集ということかもしれない。

収録した俳句は主に直近二、三年に書いたものである。ただ、気まぐれな感じでかなり以前のものも少ないながら混じっている。第七句集『フォーシーズンズ＋＋』以降第十四句集『動物圖鑑』まではテーマ設定をしているのが原因なのかもしれない。いずれにしろ、この句集の内実は僕の風土記である。

この句集づくりは小さ子社の原知子さんにお願いした。ありがとう。

久保　純夫

二〇二四年六月六日

著者略歴

久保純夫 くぼ すみお

1949年　大阪府生まれ
1971年　「花曜」入会、鈴木六林男に師事
1972年　第1句集『瑠璃薔薇館』（獣園）
1978年　第2句集『水渉記』（沖積舎）
1979年　第8回花曜賞受賞
1985年　第3句集『聖樹』（海風社）
1986年　第15回6人の会賞受賞
1990年　評論集『スワンの不安』（弘栄堂書店）
1993年　第42回現代俳句協会賞受賞　第4句集『熊野集』（弘栄堂書店）
2003年　第5句集『比翼連理』（草子舎）
2005年　「花曜」終刊　第6句集『光悦』（草子舎）
2006年　「光芒」創刊　『久保純夫句集』（ふらんす堂）
2008年　「光芒」終刊
2009年　第7句集『フォーシーズンズ＋＋』（ふらんす堂）
2012年　第8句集『美しき死を真ん中の刹那あるいは永遠』（現代俳句協会）
　　　　久保るみ子との共著
2013年　個人誌「儒艮」創刊
2015年　第9句集『日本文化私観』（飯塚書店）
2017年　第10句集『四照花亭日乗』（儒艮の会）
2018年　第11句集『HIDEAWAY』（儒艮の会）
2019年　第12句集『定点観測—櫻まみれ』（儒艮の会）
2021年　第13句集『植物圖鑑』（儒艮の会）
2022年　第14句集『動物圖鑑』（儒艮の会）
現　在　「儒艮」代表　現代俳句協会副会長　関西現代俳句協会会長

現住所　〒599-0203　大阪府阪南市黒田396-9

久保純夫第十五句集
季語情況論
二〇二四年六月一〇日　発行

著　者　久保純夫
カット　久保　彩
発　行　儒艮の会
発行者　久保純夫
〒599－0203　大阪府阪南市黒田三九六－九
メールアドレス　kubojun1999@ybb.ne.jp
製　作　リトルズ
発　売　小さ子社
〒606－8233　京都市左京区田中北春菜町二六－二一
電　話　〇七五－七〇八－六八三四
ISBN 978-4-909782-77-9